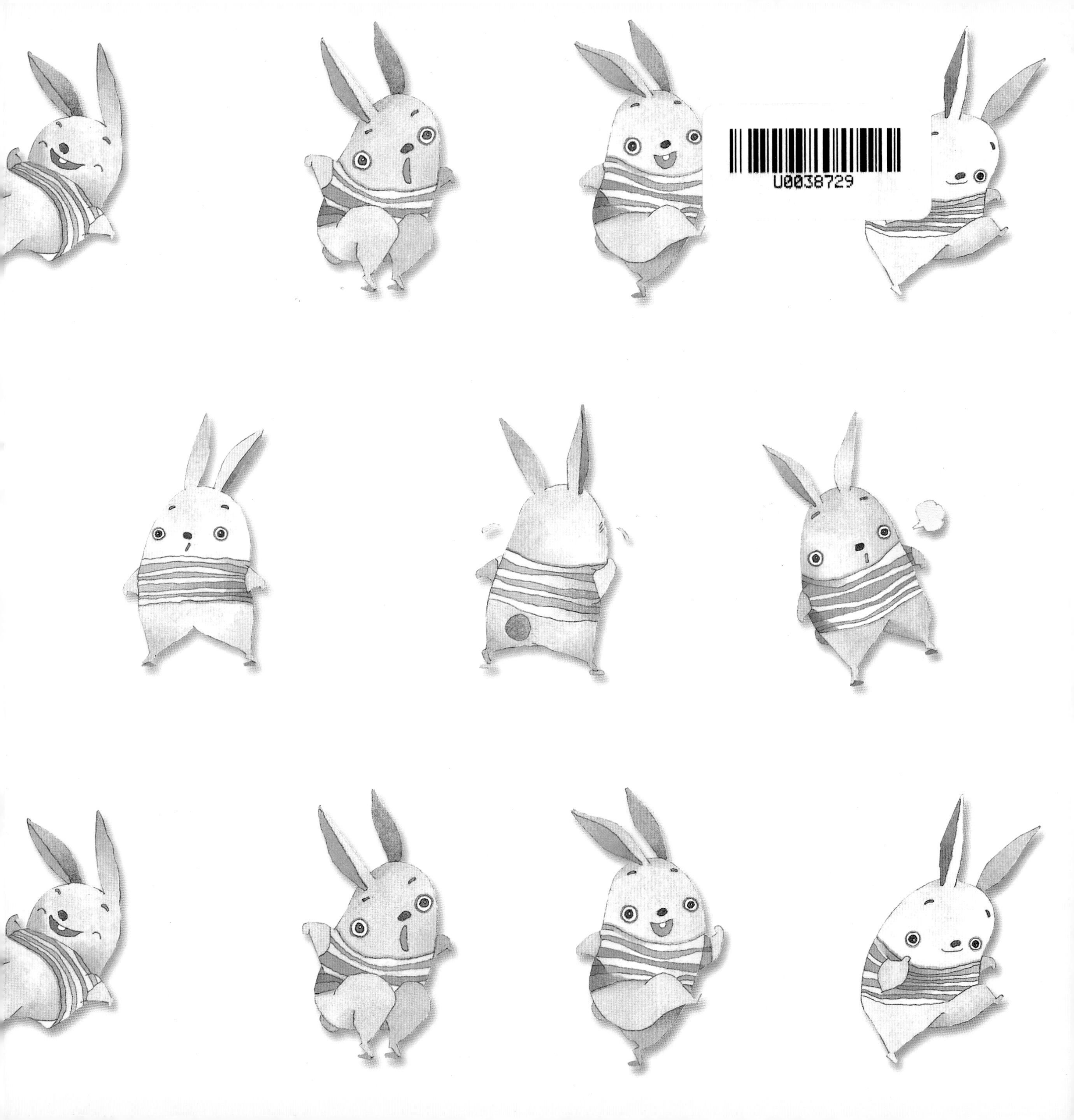

小黑兔

國家圖書館出版品預行編目資料

小黑兔／趙映雪文；莊孝先圖.－－初版一刷.－－臺
北市；三民，民91
面；　公分－－(兒童文學叢書.童話小天地)

ISBN 957-14-3592-9　(精裝)

859.6

著作人　趙映雪
繪圖者　莊孝先
發行人　劉振強
著作財產權人　三民書局股份有限公司
臺北市復興北路三八六號
發行所　三民書局股份有限公司
地址／臺北市復興北路三八六號
電話／二五〇〇六六〇〇
郵撥／〇〇〇九九九八——五號
印刷所　三民書局股份有限公司
門市部　復北店／臺北市復興北路三八六號
重南店／臺北市重慶南路一段六十一號
初版一刷　中華民國九十一年二月
編　號　S 85600
定　價　新臺幣肆佰元整
行政院新聞局登記證局版臺業字第〇二〇〇號

ISBN　957-14-3592-9　(精裝)

網路書店位址：http://www.sanmin.com.tw

滿天星斗

（主編的話）

不知道你有沒有聽過這個故事？

從前從前夜晚的天空，是完全沒有星星的，只有月亮孤獨地用盡力氣在發光，可是因為月亮太孤獨、太寂寞了，所以發出來的光也就非常微弱暗淡。那時有一個人，擁有所有的星星。她不是高高在上的國王，也不是富甲天下的大富翁，她是一個名叫小絲的女孩。小絲的媽媽總是在小絲入睡前，念故事給她聽，然後，關掉房間的燈，於是小絲房間的天花板，就出現了滿是閃閃發亮的星星。小絲每晚都在星光中走入甜美的夢鄉。

有一天，小絲在學校裡聽到同學們的談話。

「我晚上都睡不著覺，因為我房間好暗，我怕黑。」一個小男孩說。

「我也是，我房間黑得像密不透氣的櫃子，為什麼月亮姐姐不給我們多一些光亮？」另一個小女孩說。

那天晚上，小絲上床後，當媽媽又把電燈關熄，房中的天花板上又滿是星光閃爍時，小絲睡不著了，她想到好多好多小朋友躺在床上，因為怕黑而睡不著覺，她心裡好難過。她從床上爬起來，走到窗前，打開窗子，對著月亮說：「月亮姐姐啊，您為什麼不多給我們一些光亮呢？」

「我已經花好大的力氣，想要把整個天空照亮，可是我只有一個人啊！整個晚上要在這兒，我覺得很寂寞，也很害怕。」月亮回答。

「啊！真對不起。」小絲很抱歉，錯怪了月亮。可是她心裡也好驚訝，像月亮姐姐那麼美，那麼大，又高高在上，也會怕黑、怕寂寞！

小絲想了一會兒，對著月亮說：「月亮姐姐，您要不要我的星星陪伴您呢？星星會不會使天空明亮一些？」

「當然會啊！而且也會使我快樂一些，我太寂寞了。」月亮高興的回答。

小絲走回房間，抬頭對著天花板上，天天陪著她走入甜美夢鄉的星星們說：

「你們應該去幫忙月亮，我雖然會很想念你們，但是每天晚上，當我看著窗外，也會看到你們在天空閃閃發亮。」小絲對著星星們，含淚依依不捨的說著：「去吧！去幫月亮把天空照亮，讓更多小朋友都看到你們。」

從此，天空有了星光。月亮也因為有了滿天的星斗相伴，而不再寂寞害怕。

每當我重複述說著這個故事時，不論是大人或小孩心中都會洋溢著溫馨，也都同樣地盪漾著會心的微笑。

童話的迷人，正是在那可以幻想也可以真實的無限空間，從閱讀中也為心靈加上了翅膀，可以海闊天空遨遊。這也是我始終對童話故事不能忘情，還找有志一同的文友們為小朋友編寫童話之因。

這一套童話的作者不僅對兒童文學學有專精，更關心下一代的教育，出版與寫作的共同理想都是為了孩子，希望能讓孩子們在愉快中學習，在自由自在中發展出內在的潛力。

想知道小黑兔到底變白了沒有？小虎鯨月牙兒可曾聽見大海的呼喚？森林小屋裡是不是真的住著大野狼阿公？在「灰姑娘」鞋店裡買得到玻璃鞋嗎？無賴小白鼠又怎麼會變成王子？細胞裡的歷險有多刺激？土撥鼠阿土找到他的春天了嗎？還有流浪貓愛咪和小女孩愛米麗之間發生了什麼事？……啊！太多精采有趣的情節了，在這八本書中，我一讀再讀，好像也與作者一起進入了他們所創造的故事世界，快樂無比。

感謝三民書局以及與我有共同理想的作家朋友們，他們把心中的美好創意呈現給大家。而最重要的是，如果沒有可愛的讀者，一再的用閱讀支持，《兒童文學叢書》不可能一套套的出版。

美國第一夫人羅拉·布希女士，在她上任的第一天，就專程拜訪小學老師，感謝他們對孩子的奉獻。曾經當過小學老師與圖書館員的她，很感謝小學老師的啟蒙，和父母的鼓勵。她提醒社會大眾，讀書是一生的受惠。她用自己從小喜愛閱讀的經驗，來肯定童年閱讀的重要收穫。

我因此想起了一個從小培養兒童文學的社會，有如那閃爍著星光，群星照耀的黑夜，不僅呈現出月亮的光華，也照耀著人生的長河。讓我們一起祈望，不論何時何地，當我們仰望夜空，永遠有滿天星斗，而不是只有孤獨的月光。

祝福大家隨著童話的翅膀，海闊天空任遨遊。

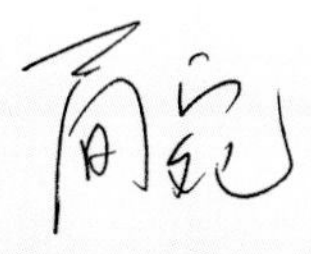

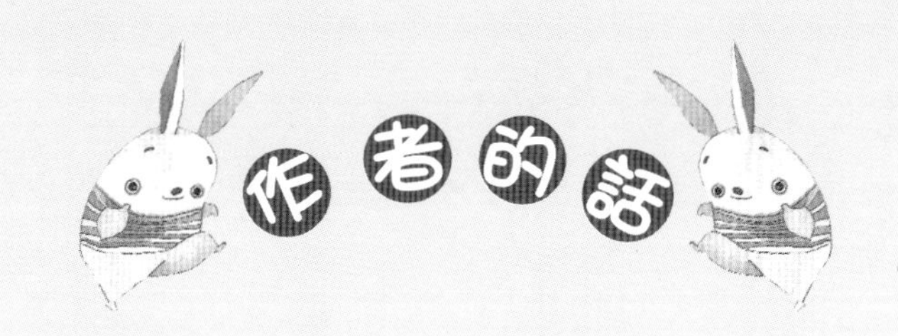

從小，因為我一直在田徑場上打滾，又屬兔，所以哥哥經常就叫我是小黑兔。

記得有一次，大哥用腳踏車載我出門去閒逛，晃到菜市場時看到有人在賣小兔子，在一群白胖胖的兔子裡，還混了幾隻黑亮亮的小黑兔。那年代大家很少有機會看到黑兔子，於是我就興奮的跟大哥說：「你看，那裡有小黑兔耶！」誰知大哥想都沒想就這樣回我：「那有什麼稀奇，小黑兔我天天看。」

在崇尚美白的臺灣，整天被叫小「黑」兔對青春時期的我來講，當然不是什麼恭維的話。大哥是那種白到怎麼晒都晒不黑的人，二哥跟姐姐晒得黑，但大約兩週就會白回去。全家只有我，老是被奶奶搖頭說：「女孩子家，一白遮三醜啊！」老是被哥哥取笑是不用太陽直晒，只要有陽光反射就會黑，而且是黑了後永遠也別想會白回來的那種人。那時的暑假，數不清多少次為了希望美白一點，幾乎要違背田徑老師排的訓練課程，想留在家裡把自己養美一點。還好，愛運動多於愛美的我，最後總是會回到陽光下去。這樣的報酬是，等我到美國念研究所時，身旁的同學邀我去打網球、滑雪什麼的，我不必像太嫩、太瘦連拍子都拿不動的那些女孩一樣搖頭說不會，我可以馬上衝上場去跟大家打成一片。

也因為慶幸自己年輕時沒有為了外表的美，

放棄了熱愛運動的興趣。有一天當我坐在電腦前想寫篇童話時，「小黑兔」這三個字就自然的跳上我心頭。我想到報紙經常刊登有少女為了美麗，被不肖的商人騙去幾十萬元，甚至賠上健康的報導。於是，我的鍵盤下就出現了《小黑兔》這樣一篇故事。每個人應該都是一個獨立、特別的個體，只有學會自己先接受自己、先愛自己的模樣，才可能也得到別人同等的尊敬與愛。

現在《小黑兔》能出版成書了，我真是要衷心謝謝簡宛老師與三民書局，盼望《小黑兔》能讓每位小讀者從此更相信「能力才是美麗」這句話。因為唯有擁有這樣的自信之後，每個孩子才可能長大成為一個開朗、樂觀、有健康人生觀的成熟的人。

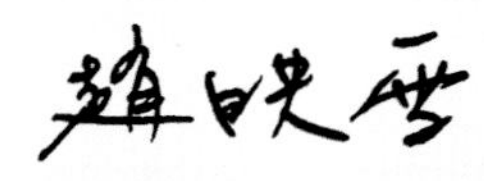

兒童文學叢書

・童話小天地・

小黑兔

趙映雪・文

莊孝先・圖

三民書局

小黑其實不叫小黑的，她本來有個很典雅好聽的名字，可是因為她是家裡唯一的一隻黑兔子，大家都喊她小黑，喊久了，就把她原來漂亮的名字給忘了。從小奶奶經常將她抱坐在腿上，像在自言自語，又像在對她說：「唉，人家說一白遮三醜，妳是女孩子，再這樣黑下去怎麼得了！」

於是兔爺爺花了幾天工夫，給小黑編了一頂寬邊草帽，還留了兩個小洞給她長長的耳朵露在外面，真是好看極了。

可是小黑是隻好動的小兔子，她最愛跟好朋友袋鼠貝貝比賽跳遠，每一頂帽子給她跳兩天就被草原的風吹走了。兔爺爺很生氣，做了五頂帽子都被小黑送給風後，他就發誓再也不給小黑編帽子了。

這一天，小黑在大草原和貝貝比跳高，一隻浣熊走了過來：「請問一下，小白兔……嗯，我是說小黑兔……不不，是小白黑兔，……還是我該叫妳小黑白兔，……唉，妳真難稱呼……」

浣熊搔搔頭，終於想出了好方法：「我說小兔妹妹，請問我那個喜歡穿著紅色吊帶褲的表哥棕熊喬司的家怎麼走？」

「你只要繞過山坡上那棵快樂鸚鵡的家，」小黑指著遠處一棵美麗的大樹，「再左轉走過最愛追著蝴蝶跑的綿羊歡歡的草原，然後經過天鵝美樂妮的湖和被第三隻小豬燒到屁股的壞蛋大野狼的林子，就會找到喬司了。要小心壞蛋大野狼，不要被他吃掉喔！」

浣熊離開了之後，小黑問貝貝：「我真的很黑嗎？」

貝貝點點頭：「妳是比妳哥哥、姐姐都黑。」

小黑突然很傷心，她跟貝貝說：「大家都叫我們小白兔，可是因為我太黑，剛剛浣熊都不知道怎麼叫我了，我好難過，我連我們的名字都不是，妳只有聽說小白兔，從沒聽過小黑兔，對不對？」

貝貝不得不再點點頭，但是為了安慰小黑，她就這樣建議：「那妳也去變白一點不就好了嗎？」

「啊，」小黑拍拍自己的腦袋說：「妳真聰明，我怎麼從來沒想過呢？妳教我變白好不好？」

貝貝搔搔頭有點疑惑的說：「可是我也不是白色的呀，我不會變白。美樂妮是白色天鵝，優雅又漂亮，她一定能教妳變白的。」

小黑一聽，覺得非常有道理，馬上飛也似的就跳去找美樂妮了。

美樂妮是森林裡很有名的一隻天鵝，因為曾有作曲家為她的曾曾曾……祖母寫過歌，也有舞蹈家為她編過舞曲。因此雖然她早就搬到這草原上來，但她住的這個湖依然被稱為天鵝湖，經常有人到林子裡來，就是專門來看一眼天鵝湖的景致的。

「美樂妮，美樂妮！」

這時的美樂妮正在湖裡快樂的跳著芭蕾舞，一聽見有聲音喊她，就趕快優雅的停了下來，說：「有什麼我能幫妳的嗎？」

「美樂妮，我很想變成和妳一樣白，妳能教我嗎？」

「變得像我們天鵝一樣白啊？」美樂妮閉著眼睛沉思。

「啊，她低頭想事情的模樣真是美麗呀！」小黑這樣想，「難怪會有人替他們寫歌編舞，要是我也能變得像她這樣氣質出眾、又美又白，說不定也會有人替我寫出白兔草原的歌跟舞了。」

美樂妮想了一下，輕輕的張開眼睛，舒展了一雙白白長長的翅膀後，才說：「也許是因為妳不曾下水游泳的關係吧！」

美樂妮問：「妳不會游泳對不對？我猜我們天鵝就是每天泡在水裡才會這麼白的。妳只要跟我們一樣，經常在水裡泡著，在水裡舒展自己的四肢，保證就可以變得又美又白了。」美樂妮說完之後，輕輕向小黑行了個禮，優雅的游走了。

美樂妮走了之後，小黑想都不想就一骨碌跳進天鵝湖裡面，壓根忘了自己不會游泳的這回事。結果不下水還好，一進了水，小黑不但沒有變白，還連喝好幾口水，差點把自己給溺死。

幸運的是棕熊喬司剛好經過，聽見小黑喊救命，才一把將她撈了出來。

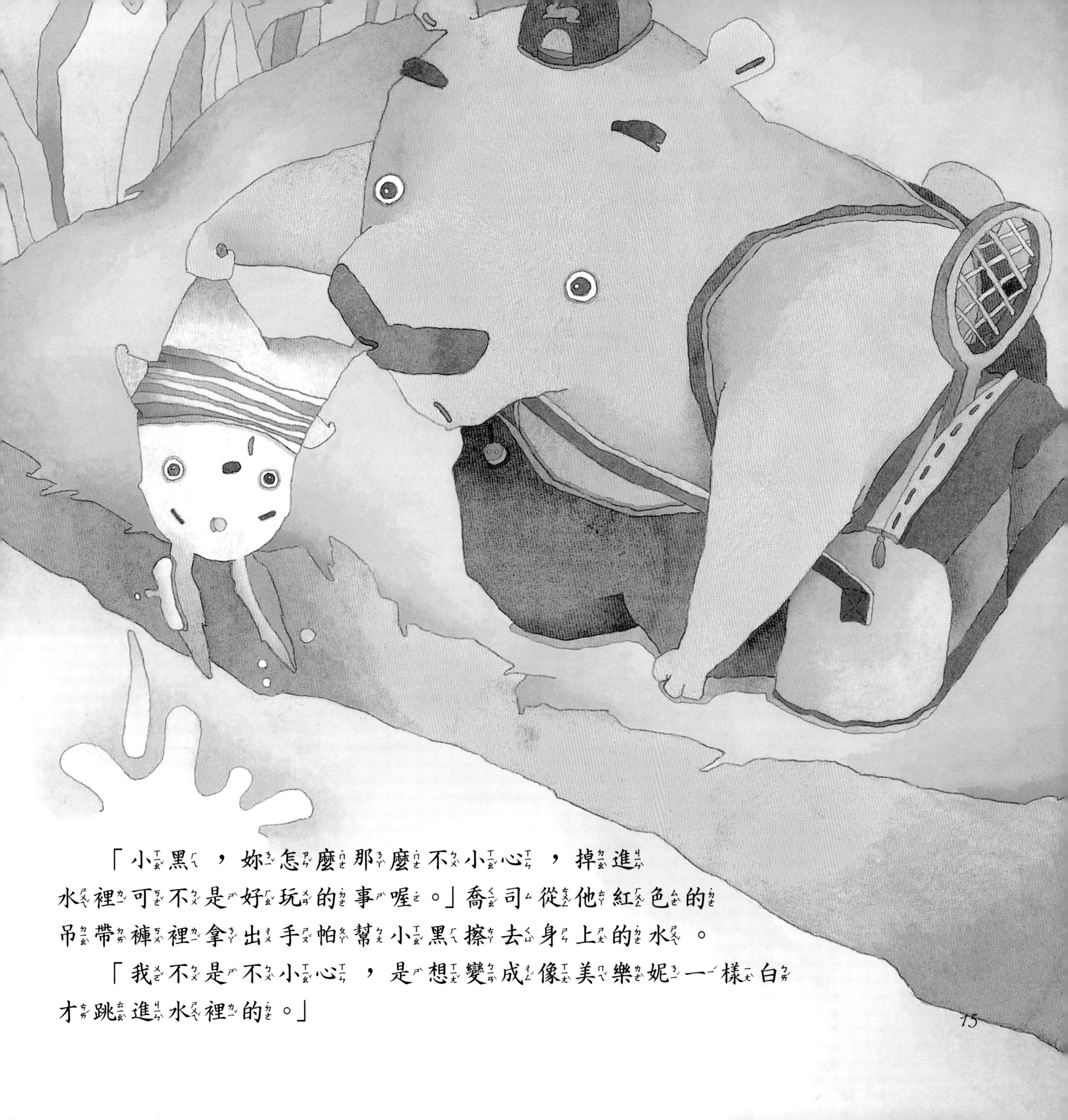

「小黑，妳怎麼那麼不小心，掉進水裡可不是好玩的事喔。」喬司從他紅色的吊帶褲裡拿出手帕幫小黑擦去身上的水。

「我不是不小心，是想變成像美樂妮一樣白才跳進水裡的。」

「妳說妳想變白啊，白有什麼好，像生病一樣的顏色。我覺得像我這樣一身棕才是最健康的。妳要不要變棕色的呢？來，我來教妳，要變棕色很簡單，妳只要到大太陽底下去打個球，運動個一下午，保證就有一身又棕又亮的皮毛了。」

小黑一聽嚇死了，她要的是白，是要人家叫她小白兔，她可不要弄半天，人家又說：「嗯，我是該叫妳小棕白兔……還是小白棕兔……」

於是小黑就很客氣的跟棕熊喬司說：「謝謝你，可是我還是覺得先變白色的比較好。」

「哎，我實在不懂，大家都想變白，白真的有比較漂亮嗎？我的北極熊表哥就是純白的，可是我覺得我比他帥多了。」喬司說完就哈哈的笑了兩聲。

「你表哥北極熊是純白的？！」小黑什麼都沒聽到，只聽到「純白」這兩個字，眼睛頓時就亮了起來：「請問我可以去跟你表哥請教變白的祕方嗎？」

「少傻了，」棕熊喬司說：「我表哥喜歡冷，他住在北極，那是個離我們很遠很遠的地方，遠到連太陽都懶得去。真的，我們這裡，太陽天天來，天天回去。可是我表哥那裡，太陽一年只去一次，因為跑一趟太累了，太陽一到，就住半年，在那裡休息。等休息夠了，太陽一離開，又是半年不肯回來。」

小黑想半天，遠到連太陽都不想去的地方，她大概更別想去了。於是她又問喬司：「那麼，請問你知道他維持純白的祕方嗎？」

喬司抓抓自己的頭髮，想了想，才回答她：
「我猜他一定是因為住在很冷的地方才白的。
說了可能妳不會相信，我媽媽說有一次她去
我表哥家，哎喲，那裡到處都是冰、都是雪，
冷得她直發抖，一天就趕快收拾包袱往回走了。」
「又是冰、又是雪？」小黑自言自語的說：
「有冰有雪？我們這裡要有冰有雪，只有一個
地方……就是……」小黑話都還來不及說完，
就急急忙忙的丟下這麼一句話：「謝謝你啦，
喬司！噢，對了，你趕快回去吧，你的
表弟浣熊在找你喔。」然後就
蹦蹦跳跳的跑遠了。

原來啊，草原裡唯一有冰有雪的地方，就在綿羊歡歡的家，她家外面有一個牧場主人的大製冰機，那裡不但多的是冰，裡面還結了滿滿一層白白的雪。如果冷就能讓她變白，她就到冰箱裡去待一下好了。

來到了製冰機下，小黑拼命的跳，跳到第九次，終於給她跳上了製冰機。她撥開上面的玻璃門，鑽了進去，玻璃門又自動的滑下去關了起來。

在製冰機裡，一開始小黑覺得真舒服，在大太陽底下的草原跑了一陣子，進了冷氣房裡，真是透心涼，痛快極了。小黑還撈起一塊冰塊放進嘴裡含著，哇，冰水沿著嘴巴吞進胃裡，好過癮啊！

可是不到一下下，小黑開始覺得有點太涼了，她後悔也許剛剛不該吞冰塊的。可是，為了變白，小黑決定忍一下。她縮緊身體，將自己捲成顆球，繼續待在製冰機裡，可惜她腦子裡有的是意志，但身體卻冷得不聽話的直打哆嗦。又過了一會兒，她覺得自己好像快要死掉了，眼前一片漆黑，聲音都聽不見了，她試著去拉製冰機的玻璃門，門關得好緊，而且說實在的，她也沒力氣去拉門了。

世界越來越遙遠，小黑幾乎昏了過去。過了一會兒，忽然，陽光射了進來，她覺得好像有人將她拎了出來，放到太陽底下去。

「怎麼會有隻兔子跑到冰箱裡呢？」牧場主人拿了吹風機幫她將一身溼冷的黑毛吹乾，讓她在午後的大太陽下躺著。「要不是我剛好要來拿冰塊，我看這隻兔子就翹辮子了。」

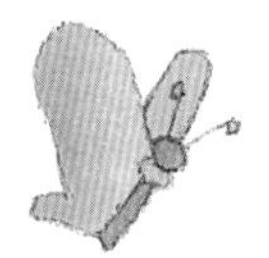

曬著溫暖的陽光，
小黑慢慢能張開眼睛了，
她看到綿羊歡歡就站在旁邊關心的問她：
「妳怎麼了，小黑？」

「我怎麼還是黑色的呢？」小黑舉起手臂對著陽光看：「喬司說到有冰有雪的地方就會讓我變純白呀。」

「什麼？什麼有冰有雪還有純白啊？」歡歡問。

於是小黑只好又失望的將自己想變白的事說給歡歡聽，為了變白她已經差點溺死又差點冷死了，可是卻還是一身黑。

「妳是想變白啊，不早說，妳不覺得我們綿羊最白了嗎？因為我們每年都剪一次毛，所以就白啦。」

「原來如此啊！真謝謝妳，歡歡，給我這麼好的建議。」

小黑跑回家裡，拿起爸爸的刮鬍刀，三兩下就把身上的黑毛都剃掉了。
隔幾天，細毛長出來了，是黑的；
又隔了幾天，粗毛長出來了，也是黑的；
再隔幾天，全身所有的毛都長出來了，還是黑的。

小黑非常難過，她走到一棵樹下，嗚嗚的哭了起來。

這棵樹上住著森林裡最快樂又最愛唱歌的鸚鵡夫婦，他們聽見小黑的哭聲，便站到樹枝上來：「親愛的小黑，世上有這麼多值得高興的事，妳為什麼傷心呢？」

小黑說：「大家都叫我們小白兔，可是我卻這麼黑，浣熊問路的時候，連要叫我什麼都不知道。奶奶也說一白遮三醜，我叫小黑，和我家人長得都不一樣，一定是個醜八怪，所以才不配當小白兔的。」

「可愛的小黑，」兩隻鸚鵡輪流唱起歌來了：

「黑，不是醜，」鸚鵡先生起音。

「白，也不見得漂亮。」鸚鵡太太附和。

「我們動物一定要有智慧才是最重要。」兩隻鸚鵡重唱。

「妳的家人都是小白兔，」鸚鵡先生　。
「只有妳是小黑兔，」鸚鵡太太　。
「表示妳是最特別的。」雙鸚鵡齊鳴　。
「利用不同的外表，」鸚鵡先生　。
「加上聰明的頭腦，」鸚鵡太太　。
「才能完成別人做不到的大事。」
二鸚鵡大合唱　。

可是這時候的小黑只顧著傷心　，哪聽得下兩位好心鸚鵡的勸導　，她連謝謝都忘了說　，揉著哭得更紅的大眼睛就回家了　。

這天晚上，天很黑，風很大，忽然，小黑家的木門咚咚的響著。兔爸爸大叫不好了，原來森林裡最惡名昭彰的壞蛋大野狼肚子餓了，想抓幾隻兔子來吃，他來到小黑家敲門：「小白兔，小白兔，讓我進來！」

兔爸爸在裡面用桌子、椅子擋著門，大聲的喊：「不行！別想！」

壞蛋大野狼生氣的說：「不開門是嗎？那我就會用力吹、拼命吹，我會把你們家吹倒！」

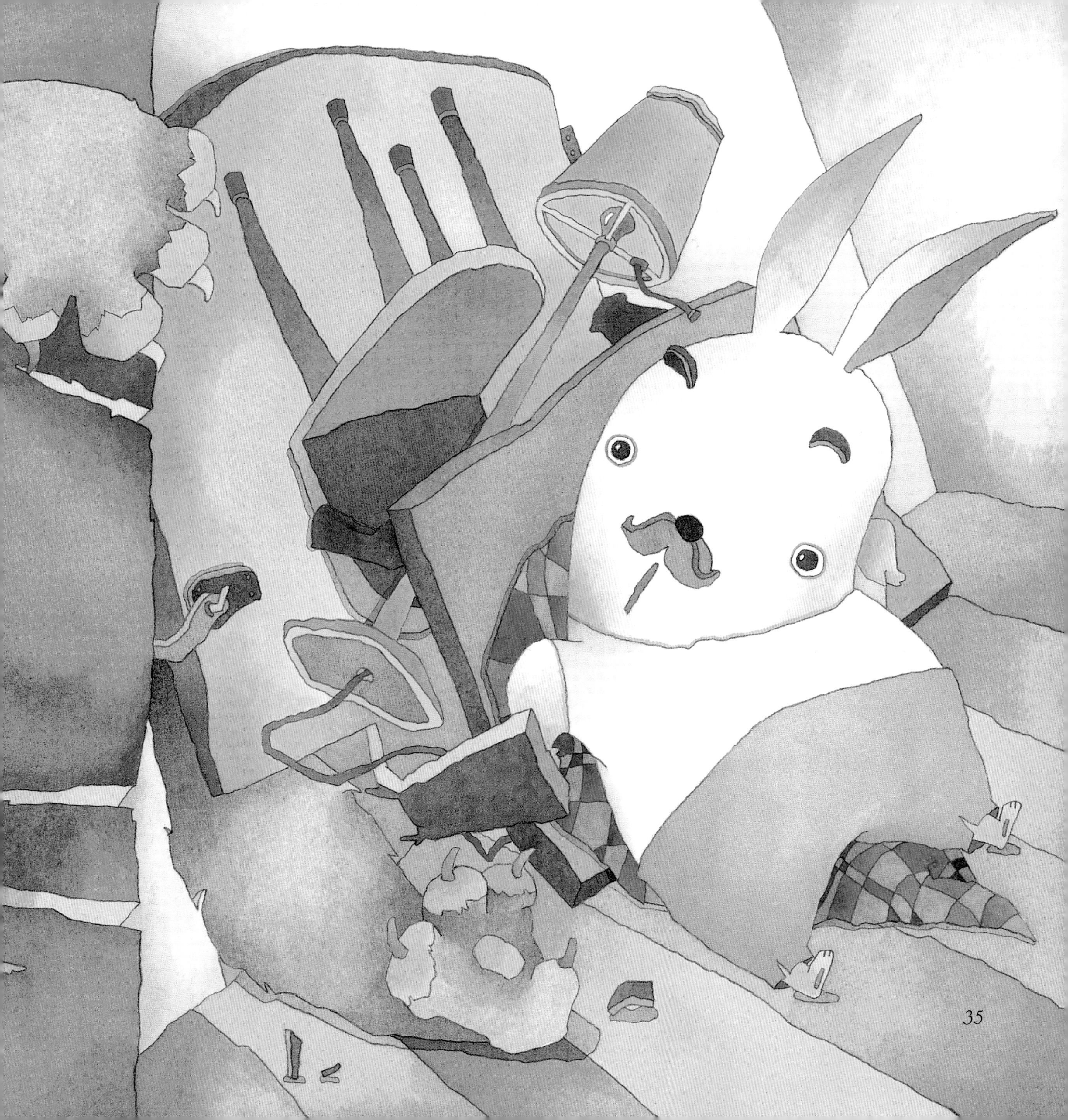

說完，小黑馬上覺得家裡的每一塊木板都抖了起來，窗戶呼呼叫著，門咚咚響著。還好當初兔爸爸和兔爺爺蓋房子時，就想到三隻小豬的教訓，特別將房子蓋得堅固一點。只是在他們的草原裡，找不到那麼多石頭和磚塊，所以小黑的家只有下面三分之一是石頭的，上面三分之二都是木板的。小黑真怕房子被壞蛋大野狼吹倒，他們一家都要成了野狼的大餐了。

兔爺爺和兔奶奶不說話，小黑的哥哥、姐姐一動也不敢動，只有兔爸爸和兔媽媽來回踱步，想不出如何是好。小黑坐在床上，看看爸媽，是白的；爺爺奶奶，也是白的；哥哥姐姐呢，還是白的。她耳邊響起快樂鸚鵡夫婦下午唱給她聽的歌：

「利用不同的外表，加上聰明的頭腦，才能完成別人做不到的大事。」

「我有辦法了！」小黑大叫：「我們去請獅子國王來主持公道。」

「可是，」兔爸爸說：「只要我一走出去，壞蛋大野狼馬上就會看見我這一身白，別說去請獅子國王來做主，恐怕我已先成了他的開胃菜了。」

「我去啊！」小黑勇敢的說：「我又黑又小，天那麼黑，風那麼大，如果我能偷偷的從煙囪爬出去，野狼在門口拼命的吹，一定看不清楚也聽不見我的腳步聲。」

爺爺奶奶、爸爸媽媽和哥哥姐姐都沒有更好的辦法，只好同意讓小黑去試試看。媽媽流著淚水，叫小黑要見機行事，萬一被野狼發現，要趕緊從煙囪鑽回來。哥哥也握著小黑的手說：「為什麼黑兔子不是我？要是我的毛像妳的一樣黑，這麼危險的工作，一定就是我這個當大哥的來做了，怎麼會讓我們家最小的妳去冒險呢？」

小黑聽了，眼淚在眼眶裡打轉，原來，長這麼黑是有用的，現在，全家的安危都繫在她身上。小黑跟家人道了再見，鼓起勇氣，輕悄悄的爬上煙囪，鑽到屋頂上。

爬到了
煙囪頂端，
小黑先露出眼睛，
看看壞蛋大野狼
有沒有看到她。還好
她高高的一雙耳朵也
黑得像夜色一樣，
正在用力、拼命
吹著他們屋子的
大野狼，就算
瞪大眼睛，也看不到她。
她輕手輕腳的爬出煙囪，
從煙囪後方的屋頂溜到房子後面。
大野狼的口氣好大喔，
雖然小黑躲在房子後頭，
卻覺得像刮颱風似的，
得緊抓著那棵大蘋果樹，
才不至於被野狼的氣
吹上天而洩漏了蹤跡。

小黑趁著野狼換氣的時候，飛快的溜到另一棵樹後頭，就這樣靠著她烏黑的毛色一步一步慢慢繞出了林子，不怕天那麼黑，不管野狼的口氣有多大，她一心只想到要趕緊救出大家。

呼呼呼！咻咻咻！壞蛋大野狼不愧是森林裡最有名的吹氣者，兔子家的房子雖然頗為堅固，可是被大野狼這樣連續的吹了十幾分鐘後，整間房子已經零零落落、搖搖欲墜了。

兔爸爸死命的抵著門，兔媽媽用自己的身體將幾個孩子全圈在懷裡；兔爺爺望著煙囪，希望小黑趕緊回來，兔奶奶豎著耳朵，拼命想聽到獅子國王到來的腳步聲。

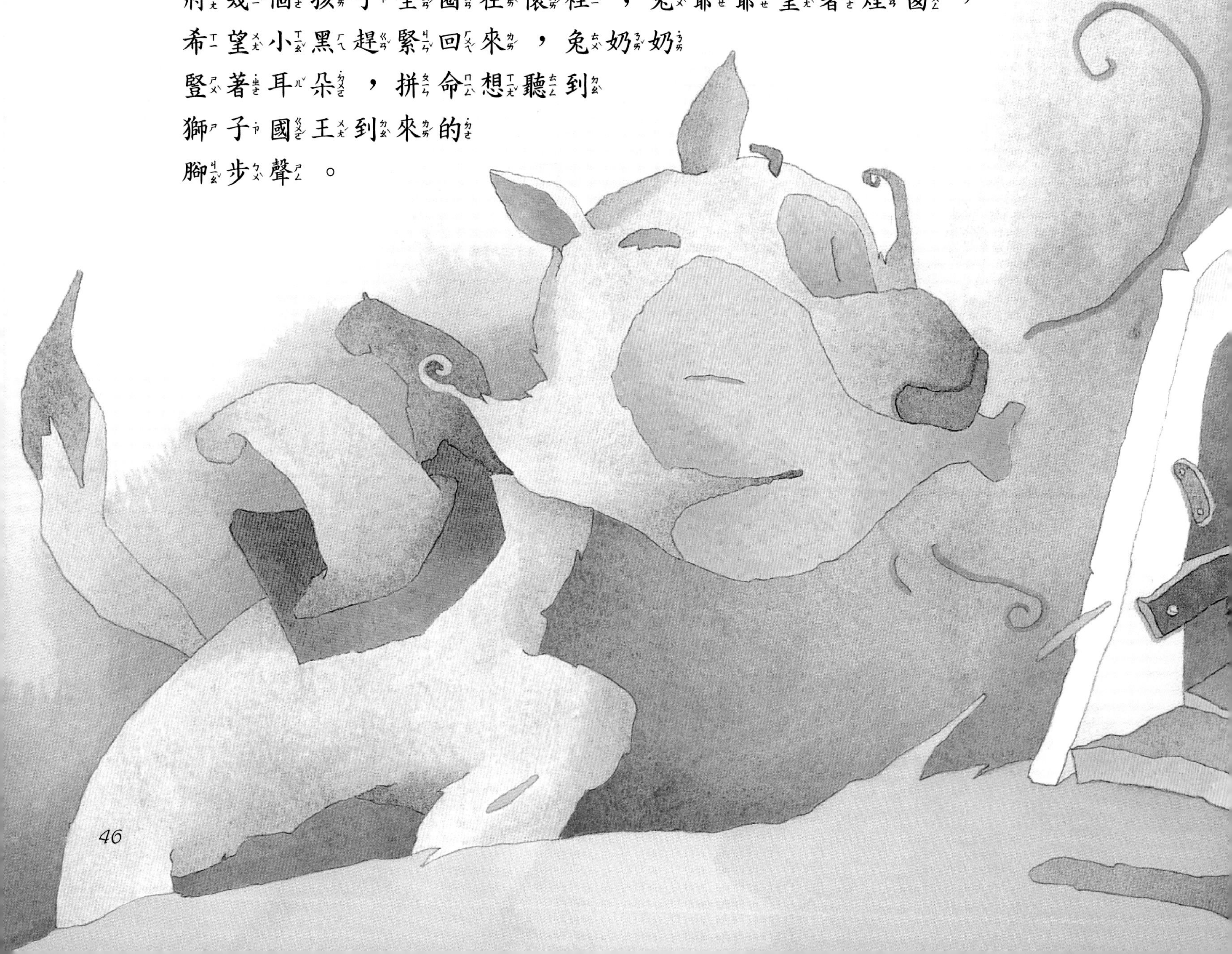

忽然，

咻咻的風停了，房子不再搖晃，

屋頂上的灰塵停止落下了。兔子一家圍到

窗戶旁，看見小黑高高的坐在獅子國王的

肩上，而壞蛋大野狼轉身面對著獅子國王，

嚇得渾身發抖，連一句話也講不出來了。

「大野狼，你怎麼老是喜歡找小動物的麻煩呢，顯然第三隻小豬將你屁股燒破的教訓你已經忘記了，還好有勇敢的小黑冒著生命危險跑來找我，否則還不知道你要在我的森林裡鬧出多少風波、闖出多少禍、危害多少小動物呢！」

大野狼知道打不過獅子國王，
摸著鼻子被獅子帶走了，
獅子國王說要將大野狼
關在山谷中三十天，
讓他反省自己的行為。

小黑一家終於保住了
性命，他們欣喜若狂，
將小黑像英雄一樣
舉得高高的，
抱著她又吻又親，
把小黑黑黑的臉頰上，
讚美出兩朵害羞的
紅暈來。

從此，小黑不再想要變白了。
她每天開開心心的和貝貝在草原上玩，
遇到有動物來問路時，她就很驕傲
大聲的告訴他們：「你可以說：
『請問小黑兔！』」

趙映雪

10 年前因為在美國當太太過於悠閒，趙映雪就慫恿大嫂楊美玲記下她女兒在美國當小小留學生的經驗，兩人於是合作寫出了《茵茵的十歲願望》這本書，沒想到就得了獎，從此兩人便開始走入了兒童文學的創作世界。

至今趙映雪已出版有童話、幼兒小小說、青少年小說與翻譯，以及與兒童文學相關較專業性的書籍十多本。平常她最愛做的事情，就是彈琴、運動跟讀書。現在居住在終年陽光普照的加州聖地牙哥，每天跟老公打球，帶女兒游泳，依然很黑，但黑得非常有自信與快樂。

莊孝先

六年級生。現為插畫工作者，繪有童詩集《旋轉木馬》。

喜歡看電影、閱讀，和研究神祕不可知的事物。夢想能夠獨立寫書、畫書，到世界各地玩耍，和永遠保有簡單的自己。

兒童文學叢書

童話小天地

榮獲新聞局第五屆圖畫故事類「小太陽獎」暨
第十八次中小學生優良課外讀物推介
文建會2000年「好書大家讀」活動推薦

丁伶郎　奇奇的磁鐵鞋　九重葛笑了
智慧市的糊塗市民　屋頂上的祕密　石頭不見了
奇妙的紫貝殼　銀毛與斑斑　小黑兔　大野狼阿公
大海的呼喚　土撥鼠的春天　「灰姑娘」鞋店
無賴變王子　愛咪與愛米麗　細胞歷險記

童話的迷人，
正是在那可以幻想也可以真實的無限空間，
從閱讀中也為心靈加上了翅膀，可以海闊天空遨遊。
這一套童話的作者不僅對兒童文學學有專精，
更關心下一代的教育，
出版與寫作的共同理想都是為了孩子，
希望能讓孩子們在愉快中學習，
在自由自在中發展出內在的潛力。

——簡宛（名作家暨「兒童文學叢書」主編）

榮獲新聞局第五屆人文類「小太陽獎」暨
第十八次中小學生優良課外讀物推介
文建會1999年「好書大家讀」活動推薦暨
年度最佳少年兒童讀物

文學家是人類心靈的導師，
他們的一生都充滿傳奇；而每一個傳奇，
也都不只是一個故事、一個比喻；
而每一個故事、每一個比喻，
也都不只是一個哲理……。

——林煥彰（名詩人暨兒童文學作家）

以兒童文學的創作方式介紹十位著名西洋文學家，不僅以生動活潑的文筆和用心精製的編輯、繪畫引導兒童進入文學家的生命，而且啟發孩子們欣賞和創造的泉源。

——「小太陽獎」得獎評語

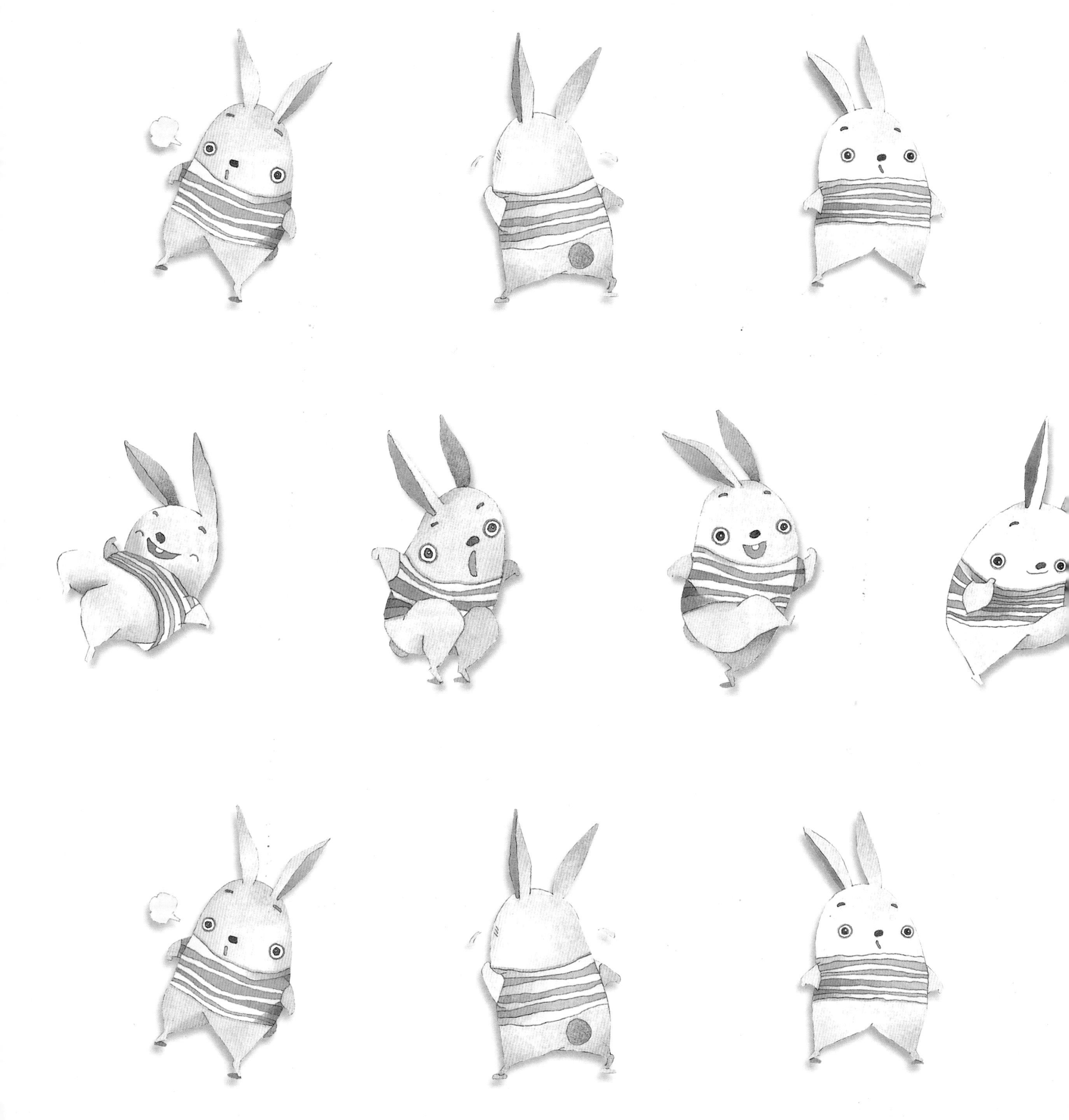